Nota para los padres y encargados:

Los libros de *Read-it! Readers* son para niños que se inician en el maravilloso camino de la lectura. Estos hermosos libros fomentan la adquisición de destrezas de lectura y el amor a los libros.

 El NIVEL MORADO presenta temas y objetos básicos con palabras de alta frecuencia y patrones de lenguaje sencillos.

 El NIVEL ROJO presenta temas conocidos con palabras comunes y oraciones de patrones repetitivos.

 El NIVEL AZUL presenta nuevas ideas con un vocabulario más amplio y una estructura gramatical más variada.

 El NIVEL AMARILLO presenta ideas más elevadas, un vocabulario extenso y una amplia variedad en la estructura de las oraciones.

 El NIVEL VERDE presenta ideas más complejas, un vocabulario más variado y estructuras del lenguaje más extensas.

 El NIVEL ANARANJADO presenta una amplia de ideas y conceptos con vocabulario más elevado y estructuras gramaticales complejas.

Al leerle un libro a su pequeño, hágalo con calma y pause a menudo para hablar acerca de las ilustraciones. Pídale que pase las páginas y que señale los dibujos y las palabras conocidas. No olvide volverle a leer los cuentos o las partes de los cuentos que más le gusten.

No hay una forma correcta o incorrecta de compartir un libro con los niños. Saque el tiempo para leer con su niña o niño y transmítale así el legado de la lectura.

Adria F. Klein, Ph.D.
Profesora emérita, California State University
San Bernardino, California

Editor: Patricia Stockland
Page Production: Melissa Kes/JoAnne Nelson/Tracy Davies
Art Director: Keith Griffin
Managing Editor: Catherine Neitge
The illustrations in this book were created in watercolor.
Translation and page production: Spanish Educational Publishing, Ltd.
Spanish project management: Jennifer Gillis/Haw River Editorial

Picture Window Books
5115 Excelsior Boulevard
Suite 232
Minneapolis, MN 55416
877-845-8392
www.picturewindowbooks.com

Library of Congress Cataloging-in-Publication Data
Jones, Christianne C.
[Little red hen. Spanish]
La gallinita roja / por Christianne C. Jones ; ilustrado por Natalie Magnuson ;
traducción, Patricia Abello.
p. cm. — (Read-it! readers)
Summary: The little red hen finds none of the lazy barnyard animals willing to help
her plant, harvest, or grind wheat into flour, but all are eager to eat the bread she
makes from it.
ISBN 1-4048-1650-X (hard cover)
[1. Folklore. 2. Spanish language materials.] I. Magnuson, Natalie, ill. II. Abello,
Patricia. III. Little red hen. Spanish. IV. Title. V. Series.

PZ74.1.J65 2005
398.2—dc22
                                                          2005023264

La gallinita roja

por Christianne C. Jones
ilustrado por Natalie Magnuson
Traducción: Patricia Abello

Con agradecimientos especiales a nuestras asesoras:

Adria F. Klein, Ph.D.
Profesora emérita, California State University
San Bernardino, California

Kathy Baxter, M.A.
Ex Coordinadora de Servicios Infantiles
Anoka County (Minnesota) Library

Susan Kesselring, M.A.
Alfabetizadora
Rosemount-Apple Valley-Eagan (Minnesota) School District

PiCTURE WiNDOW BOOKS
Minneapolis, Minnesota

La gallinita roja tenía
su casa llena.

Vivía con un gato, un perro
y un ratón.

El gato, el perro y el ratón
eran perezosos.

Dormían todo el día mientras
la gallinita roja trabajaba.

Ella cocinaba, limpiaba y cuidaba
la huerta.

Un día, en la huerta, la gallinita roja encontró unos granos de trigo.

—¿Quién me ayudará a sembrar
este trigo? —preguntó.

—¡Yo no! —dijo el gato.
—¡Yo no! —dijo el perro.
—¡Yo no! —dijo el ratón.

—Entonces lo haré yo sola
—dijo la gallinita.

Así que sembró el trigo y lo cuidó.

Cuando el trigo estuvo listo, la gallinita
roja preguntó: —¿Quién me ayudará
a cortar el trigo?

—¡Yo no! —fue todo lo que oyó.

—Entonces lo haré yo sola
—dijo la gallinita.

Así que la gallinita
cortó todo el trigo.

Cuando terminó de cortarlo, dijo:
—Hay que moler este trigo.
¿Quién lo llevará al molino?

De nuevo escuchó: —¡Yo no!

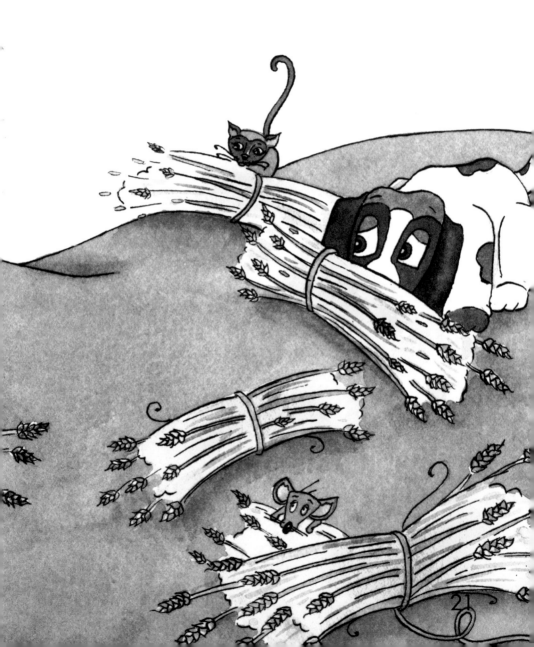

—Entonces lo haré yo sola —dijo suspirando.

Así que la gallinita roja llevó el trigo al molino. Volvió con un gran saco de harina.

—¿Quién me ayudará a hacer pan
con esta harina?

—¡Yo no! —gritó el gato.
—¡Yo no! —gritó el perro.
—¡Yo no! —gritó el ratón.

La gallinita roja murmuró:
—Entonces lo haré yo sola.

Pasó toda la tarde horneando pan.

Cuando el pan estuvo listo, la gallinita preguntó: —¿Quién me ayudará a comer este pan?

—¡Yo! —gritó el gato.
—¡Yo! —gritó el perro.
—¡Yo! —gritó el ratón.

29

—No. Yo hice todo sola. También me comeré este pan sola —dijo la gallinita con una sonrisa.

Y se comió solita hasta la última
miga de pan.

Más *Read-it! Readers*

Con ilustraciones vívidas y cuentos divertidos da gusto practicar la lectura. Busca más libros a tu nivel.

FÁBULAS Y CUENTOS POPULARES

¿Buscas un título o un nivel específico? La lista completa de *Read-it! Readers* está en nuestro Web site: *www.picturewindowbooks.com*